# L'Ile Au Trésor

FichesdeLecture.com

# L'Ile Au Trésor
# (Fiche de lecture)

## I. INTRODUCTION

Roman d'aventures écrit par Stevenson, *l'Ile au trésor* paraît pour la première fois dans un magazine, *Young Folks*, sous la forme d'épisodes d'octobre 1881 à janvier 1882. Après nombre de modifications, le livre est publié en 1883.

## II. RÉSUMÉ DE L'ŒUVRE

Jim Hawkins est un jeune garçon qui habite l'auberge de ses parents, « l'Amiral Benbow » près de la ville de Bristol dans l'Angleterre du XVIIIe siècle. Un jour, un capitaine de bateau nommé Billy Bones décède dans l'auberge après que Pew, un mystérieux pirate aveugle, lui ait remis « la tache noire », annonce symbolique de la mort pour les pirates. Jim est très perturbé par cette mort, d'autant que son père meurt à peu près au même moment. Dans la hâte, Jim et sa mère décident de forcer le coffre-fort du marin et y trouvent une carte et un livre de bord. Surpris par des pas à l'extérieur, ils s'enfuient avec le document juste avant que des poursuivants de Billy ne saccagent l'auberge.

Jim comprend que le contenu qu'il a trouvé doit avoir de la valeur ; il amène donc l'un des documents à des « locaux » de sa connaissance, le Docteur Livesey et Squire (titre désignant un gentilhomme anglais) Trelawney. Très excités par la découverte, ces deux derniers identifient le document comme une carte menant à un trésor que l'équipage du pirate Flint a enterré sur une île lointaine. Immédiatement, Trelawney commence à prévoir une expédition. Mais il se montre maladroit dans ses négociations pour le bateau qui doit les emmener, l'*Hispaniola*, et se retrouve obligé d'engager un ancien complice de Flint, Long John Silver, et une grande partie de son ancien équipage. Au final, seul le capitaine Smollett paraît être digne de confiance. Le bateau prend le large vers l'Île au trésor ; au début rien de spécial ne se produit, jusqu'à ce que Jim surprenne des plans de mutinerie dont Silver est l'instigateur. Il raconte alors toute l'affaire au Capitaine.

Parvenu au large de l'île, le Capitaine Smollett élabore un plan pour se débarrasser des mutins, en leur autorisant quelque temps de loisir sur le rivage. Sur un coup de tête, Jim se faufile sur le bateau des pirates et les accompagne à terre. Effrayé par ces derniers, il part seul explorer l'île. À couvert, il est alors témoin d'un meurtre : Silver assassine un marin qui refusait de se joindre à la rébellion. Jim s'enfonce un peu plus vers le cœur de l'île, où il rencontre un homme à demi-fou appelé Ben Gunn. Autrefois, Ben servait dans l'équipage de Flint mais est resté bloqué sur l'île des années plus tôt.

Pendant ce temps, Smollett et ses hommes sont descendus à terre et se sont réfugiés derrière une palissade. Jim les rejoint avec Ben. Silver leur rend visite et tente de négocier avec le capitaine, mais ce dernier est méfiant et refuse de lui parler. Les pirates les attaquent le jour suivant, blessant le capitaine. Désireux d'agir, Jim suit à nouveau une de ses impulsions et déserte ses compagnons, se faufilant furtivement pour chercher un bateau construit par Ben et caché dans les bois.

Après l'avoir trouvé, Jim navigue vers leur bateau qui est resté amarré, dans l'intention de couper la corde de dérive et de priver ainsi les pirates de tout moyen de fuite. Mais après avoir coupé la corde, il s'aperçoit que sa barque dérive à proximité du camp des pirates et craint d'être découvert. Par chance, les pirates ne le repèrent pas et il continue de flotter autour de l'île jusqu'à ce qu'il aperçoive leur navire qui dérive dangereusement. S'efforçant de remonter à bord, il découvre que l'un des vigiles, Israël, a tué son comparse lors d'une querelle d'ivrognes. Jim reprend le contrôle du navire et Israël se retourne contre lui. Le jeune homme est blessé mais parvient à tuer son assaillant.

Jim retourne au niveau du camp, mais c'est pour s'apercevoir que les pirates l'ont envahi. Silver le prend en otage et lui annonce que le capitaine leur a donné la carte au trésor, des provisions et la zone protégée par la palissade en échange de leurs vies. Jim comprend toutefois que Silver a des difficultés à contrôler ses hommes, qui l'accusent de trahison. Silver propose à Jim de s'aider mutuellement à survivre en prétendant que Jim est son otage. À cet instant, ses hommes lui apportent la « tache noire » et l'informent ainsi qu'il a été déchu de son poste de commandant.

Dans une tentative désespérée pour reprendre le contrôle de son équipage, Silver leur montre la carte au trésor. Il les conduit, ainsi que Jim, à l'endroit indiqué sur la carte, mais tous ont un choc lorsqu'ils s'aperçoivent que quelqu'un a déjà exhumé le butin.

Les hommes sont furieux et prêts à se rebeller. À ce moment, le Docteur Livesey, Ben Gunn et les autres font feu sur les pirates, qui se dispersent à travers l'île. Jim et Silver prennent la fuite et sont guidés par leurs sauveurs vers la grotte de Ben, où ce dernier a caché le trésor découvert des mois auparavant.

Après trois jours passés à transporter le butin vers le navire, les hommes se préparent à mettre les voiles pour rentrer chez eux. Un débat s'élève sur la question du sort des mutins. Malgré leurs supplications, ils sont abandonnés sur l'île. Silver est autorisé à partir avec le navire, mais il s'enfuit une nuit avec un sac de pièces d'or et on n'entend plus jamais parler de lui.

Le voyage de retour touche à sa fin. À son terme, le Capitaine Smollett arrête la navigation et Ben devient gardien. Jim jure qu'il ne partira plus jamais à la recherche d'un trésor fait des cauchemars sur l'océan et des pièces d'or.

# III. ANALYSE DES PRINCIPAUX PERSONNAGES

## Jim Hawkins

En tant que narrateur du roman et instigateur de la plupart des rebondissements de l'histoire, Jim est très clairement le personnage central de l'ouvrage. Âgé d'environ 12 ou 13 ans, il est le fils calme et obéissant du propriétaire d'une auberge de Bristol. Au fur et à mesure des évènements, son personnage change fondamentalement, faisant preuve de toujours plus d'intelligence, de courage, de maturité et de perspective.

Lors des premiers chapitres, Jim est encore facilement effrayé et intimement lié à sa famille et à son foyer. Lorsqu'il a peur du vieux Pew par exemple, c'est vers sa mère qu'il se tourne. Après la mort de son père et son embarquement vers l'île, Jim commence à penser par lui-même et fait montre d'initiative. Même s'il commet encore de nombreuses erreurs, il en retire des leçons, ce qui montre qu'il est en train de mûrir. Le voyage le fait grandir très rapidement, et il passe d'ailleurs de simple mousse à une situation où il se nomme lui-même capitaine du navire, après l'avoir repris des mains des pirates. Bien que courageux, son individualisme et sa fougue nous rappellent qu'il est encore jeune dans son esprit. Sa tendance à agir sur des pulsions et la conscience qu'il a de lui-même montrent aussi qu'il est tiraillé entre deux mondes, celui de l'enfance et celui des adultes, et entre le monde rationnel régi par des lois et celui sans foi ni loi des pirates. L'histoire de Jim n'est donc pas seulement un récit d'aventures fantaisiste, mais aussi une narration sur le fait de grandir.

La narration que fait Jim de ses actions héroïques est précieuse car modeste, ce qui nous donne une vision intérieure d'un héroïsme d'autant plus réaliste. Jim n'est pas arrogant ; au contraire, il reste humble face à ses succès. Il prend la responsabilité de ses erreurs plutôt que de se trouver des excuses et avoue des moments de panique, d'indécision et de regret, au lieu de se vanter exclusivement de ses succès. Sa remarquable honnêteté et sa sincérité rendent ridicules les fanfaronnades des pirates comme celles des autres adultes. Du coup, le fait que le narrateur inclue dans son récit à la fois ses folies et ses réussites nous offre une perspective beaucoup plus réaliste et authentique.

## Long John Silver

Long John Silver est un personnage complexe et pétri de contradictions. Il est rusé et menteur, cachant ses véritables intentions dès le départ du navire. Très déloyal, il change régulièrement de bord et d'alliés, si fréquemment d'ailleurs que l'on ne peut plus être certain de ses véritables affiliations… Avide et d'une nature quasi animale, il se soucie peu des relations humaines, comme on le voit lorsqu'il tue de sang-froid le marin Tom Redruth. Néanmoins, Silver est sans conteste le personnage le plus vivant et le plus charismatique du roman.

Bien qu'il lui manque une jambe, il se déplace rapidement et franchir des barrières et des quais ne l'arrête pas. Son handicap physique souligne en fait sa force de caractère et révèle à chacun de ses pas sa capacité à surmonter les obstacles. De même, sa force mentale est impressionnante : il est d'ailleurs le seul pirate à ne pas être effrayé lorsque Ben imite la voix du défunt Flint. Long John Silver reste rationnel lorsque ses hommes s'en remettent à des superstitions collectives, et les mène ainsi jusqu'à l'emplacement du trésor.

Son perroquet « de deux-cents-ans », qui imite les paroles d'hommes morts, lui confère une aura satanique. Il a d'évidentes qualités de leader, car il parvient à garder le contrôle (tant bien que mal cependant) d'une bande de pirates au bord de la mutinerie.

Malgré son apparence effrayante, il inspire rapidement confiance à ceux qui le rencontrent. Le Capitaine Smollett et le Docteur Livesey ont tous les deux une certaine confiance en Silver au début du voyage. Sa gentillesse et sa politesse ne paraissent jamais fictives, trompeuses ou manipulatrices.

Silver se décrit lui-même comme un « gentleman de fortune », un terme qui, bien que constituant clairement un euphémisme pour « pirate », souligne cette qualité de gentleman chez Silver. Lorsque Livesey demande à s'entretenir en privé avec l'otage Jim, les autres pirates protestent à corps et à cris, mais Silver l'autorise car il fait confiance à Livesey. Cette confiance, de la part de Silver, apparaît noble et sincère. De plus, l'affection entre Silver et Jim se développe dès le tout début du roman. Même lorsque Jim n'est qu'un mousse, Silver lui parle gentiment. Et l'on apprend dans le roman qu'il se reconnaît en lui quand il était plus jeune. De même, Jim déclare publiquement que Silver est « le meilleur homme » à bord, et il fait le vœu sincère, à la fin du livre, que ce dernier vive heureux.

Enfin, le nom de « Silver » (argent) indique qu'il va être précieux dans l'apprentissage de Jim vers l'âge adulte.

## Dr. Livesey

Dr Livesey apparaît d'abord comme une figure d'autorité idéale pour le jeune Jim. Le jeune garçon lui fait confiance en lui montrant la carte au trésor, car il le considère comme un homme cultivé et respectueux. Aventure après aventure, Livesey se montre digne de ce respect, car il se révèle être compétent, intelligent, juste et loyal. C'est lui qui met au point le plan pour bloquer les pirates en envoyant Ben Gunn leur faire peur par ses imitations. Il ne craint pas l'action et tire sur les pirates de façon courageuse lorsque ceux-ci parviennent à l'emplacement du trésor. Il se montre noble lorsqu'il décide de soigner les pirates blessés, malgré leur statut d'ennemis ; il leur parle gentiment et s'inquiète de leur santé. Bien plus que le bourru Smolett ou le naïf Trelawney, Livesey représente ce qu'il y a de meilleur dans le monde des hommes civilisés.

Malgré ses titres et ses réussites, toutefois, Livesey n'est pas que charismatique. Il fait ce qu'il estime raisonnable, pratique et éthique, mais n'agit jamais sur un coup de tête ou spontanément, comme le font Jim et les pirates.

Livesey conçoit des plans ingénieux, mais ne les met en pratique que s'ils sont sûrs et efficaces. Ainsi, il ne remet la carte aux pirates que lorsqu'il est certain qu'elle n'a plus d'utilité. Dans l'ensemble, c'est quelqu'un qui ne prend jamais de risque : c'est d'ailleurs pourquoi Jim le considère comme quelqu'un de bon, mais pas comme un modèle duquel il pourrait s'inspirer. D'ailleurs, à la fin du roman, le garçon évoque la mémoire de Silver, mais il oublie de mentionner Livesey, avec lequel il n'a finalement pas de connexion sentimentale – et donc pas de connexion sentimentale non plus envers le monde civilisé que Livesey représente. Jim est entre deux mondes : celui de Silver et celui de Livesey ; l'un comme l'autre ne lui conviennent pas totalement.

## Squire Trelawney

Appartenant à la bonne société de Bristol comme l'indique son titre de « squire » (qui est un anglicisme), Trelawney organise le voyage. On l'associe aisément à l'autorité et l'influence sociale, ainsi qu'au confort de la vie civile campagnarde (son nom réunit d'ailleurs « tree » et « lawn », les arbres et la pelouse). Il n'est cependant pas très débrouillard, puisque les pirates le manipulent très facilement lors du recrutement des membres de l'équipage.

## Ben Gunn

Cet ancien pirate a été abandonné sur l'Ile au trésor par l'ancien équipage de Flint, trois ans auparavant. Sa solitude lui a dérangé l'esprit et il a l'apparence d'un homme sauvage. Il représente la dégradation de l'esprit humain ; pourtant, son expérience l'a élevé au-dessus de la morale des pirates. Il est le seul repenti, prêt à aider Jim et Livesey. Ses imitations bizarres des voix d'hommes décédés suggèrent qu'il s'apparente à un fantôme de pirate...

# IV. AXES D'ANALYSE DU ROMAN

## La recherche d'une figure de héros

*L'île au trésor* est un roman d'aventures, mais c'est également l'histoire d'un garçon qui grandit. Or, en tant que tel, il a besoin de s'identifier à différents adultes et modèles masculins susceptibles de lui fournir une direction dans la vie et vers l'homme qu'il va devenir.

Le père de Jim ne joue pas ce rôle ; d'ailleurs, il meurt très tôt dans le roman et, même avant sa mort ne paraît pas avoir beaucoup d'incidence sur la vie intérieure de Jim. Le garçon le mentionne peu dans sa narration.

En conséquence, on pourrait s'attendre à ce qu'un autre personnage doté d'une certaine autorité joue ce rôle auprès de Jim. Le Dr Livesey, par exemple, bénéficie d'un statut social élevé dans la communauté et incarne le monde rationnel et civilisé. De même, Squire Trelawney représente une autorité certaine. Mais ils sont trop honnêtes et prévisibles pour le jeune Jim.

Lorsque les pirates apparaissent, Jim commence à observer plus attentivement leurs actions, leur attitude et leur apparence. Il décrit Silver avec une intensité et une attention portée aux détails dont il ne fait preuve pour aucun autre personnage. Peu de temps après, il commence à imiter des traits de comportement du pirate, agissant de façon impulsive et courageuse lorsqu'il s'introduit dans le bateau des pirates au Chapitre XIII. Il va même jusqu'à déserter son propre capitaine dans le Chapitre XXII et tuer Israël pour prendre le commandement du navire. Le côté « pirate » de Jim devient si visible que Silver lui-même se reconnaît plus jeune en lui.

À la fin du roman, l'influence des pirates sur le développement de Jim est très claire et pas forcément nuisible au garçon. En effet, il fait preuve de plus de courage, de charisme et d'indépendance que le Capitaine ou le Docteur, pour ne citer qu'eux. On peut en conclure que Silver est un modèle fondamental pour Jim alors que celui-ci recherche son identité, ses rêves et ses espoirs.

## La futilité du désir

Le roman explore le thème de la satisfaction des désirs et, en effet, la motivation de tous les personnages est la cupidité : tout le monde veut mettre la main sur le trésor. À la fin de l'aventure, Jim et son entourage y parviennent. Stevenson décrit alors de façon très vivante la manière dont les hommes transportent l'or vers le navire, comme pour souligner la réussite finale et la satisfaction qui en découle. Mais Stevenson jette aussi le doute sur cette possibilité de satisfaction ultime. Pour les pirates en effet, le désir se révèle futile et leurs buts inaccessibles. Cela est symbolisé par le trou vide au fond duquel devait se trouver le trésor. Ce trou révèle la vacuité de cette quête du trésor et la manière dont on peut y perdre son âme. Lorsque les pirates creusent le sol, c'est comme s'ils creusaient leur propre tombe. Leur cupidité et leur irrationalité les mènent en fait à la mort, au manque et à la frustration.

De façon similaire, bien que Ben ait possédé le trésor pendant trois mois, il est à moitié fou et vit dans une grotte. Un tel trésor lui est inutile, isolé sur son île. Sans la structure et les lois d'une société, éléments qui donnent sa valeur monétaire à l'or, le trésor n'a aucune valeur. Jim lui-même n'est pas satisfait. Il ne mentionne pas la valeur du trésor mais se concentre au contraire sur l'origine des pièces (leur pays) et leur forme. Il ne fait également pas de remarque sur sa part du butin ou ce qu'il advient du trésor une fois rentrés en Angleterre. Les pièces d'or provoquent même des cauchemars chez lui, et non des rêves sur ses nouvelles richesses. Jim n'affiche aucune volonté de repartir sur l'île chercher le reste du trésor. À la différence d'autres célèbres aventuriers (Huckleberry Finn, Ulysse), Jim ne veut pas poursuivre indéfiniment sa chasse au trésor. Il a appris que le mode de vie lié à ce type de désir finit souvent dans un bain de sang et ne le rendrait jamais heureux.

## L'absence d'aventure à l'époque moderne

Stevenson encadre son histoire de pirates de nombreux éléments mettant en avant la fin de l'histoire. Il suggère ainsi que ce type d'aventure appartient au passé. Sa décision de placer l'action au XVIIIe siècle souligne le fait que la vie de pirate est dépassée. L'auteur continue à teinter son récit de passé en faisant commencer la narration de Jim après le déroulement des aventures, sous la forme d'une chronique rétrospective. Dès la première phrase, le lecteur apprend que Jim, Squire Trelawney, Smollett et Livesey en sont revenus victorieux. Le fait de connaître cet élément nous conduit à regarder les pirates sous un nouveau jour, sachant qu'ils sont condamnés. Conséquemment, ils sont associés à la mort, la maladie et la disparition.

Cependant, Stevenson ne célèbre pas la disparition des pirates, comme on le constate dans l'hommage de Jim à Silver. Il nous fait nous demander si le monde est vraiment meilleur sans le charisme, le charme et l'esprit de la piraterie tels qu'incarnés par Silver. Il défie ainsi la vision Victorienne qui considère les docteurs et autres capitaines comme leaders naturels de la société.

Le roman est donc aussi un hommage attristé à l'aventure qui lui manque dans le monde moderne.

# Dans la même collection en numérique

Escadrille 80

Inconnu à cette adresse

La controverse de Valladolid

Les Vilains petits canards

Une partie de campagne

Cahier d'un retour au pays natal

Dora Bruder

L'Enfant et la rivière

Moderato Cantabile

Alice au pays des merveilles

Le faucon déniché

Une vie

Chronique des Indiens Guayaki

Je voudrais que quelqu'un m'attende quelque part

La nuit de Valognes

Œdipe

Disparition Programmée

Education européenne

L'auberge rouge

L'Illiade

Le voyage de Monsieur Perrichon

Lucrèce Borgia

Paul et Virginie

Ursule Mirouët

Discours sur les fondements de l'inégalité

L'adversaire

La petite Fadette

La prochaine fois

Le blé en herbe

Le Mystère de la Chambre Jaune

Les Hauts des Hurlevent

Les perses

Mondo et autres histoires

Vingt mille lieues sous les mers

99 francs

Arria Marcella

Chante Luna

Emile, ou de l'éducation
Histoires extraordinaires
L'homme invisible
La bibliothécaire
La cicatrice
La croix des pauvres
La fille du capitaine
Le Crime de l'Orient-Express
Le Faucon malté
Le hussard sur le toit
Le Livre dont vous êtes la victime
Les cinq écus de Bretagne
No pasarán, le jeu
Quand j'avais cinq ans je m'ai tué
Si tu veux être mon amie
Tristan et Iseult
Une bouteille dans la mer de Gaza
Cent ans de solitude
Contes à l'envers
Contes et nouvelles en vers
Dalva
Jean de Florette
L'homme qui voulait être heureux
L'île mystérieuse
La Dame aux camélias
La petite sirène
La planète des singes
La Religieuse
1984 A l'Ouest rien de nouveau
Aliocha
Andromaque
Au bonheur des dames
Bel ami
Bérénice
Caligula
Cannibale
Carmen

*Chronique d'une mort annoncée*

*Contes des frères Grimm*

*Cyrano de Bergerac*

*Des souris et des hommes*

*Deux ans de vacances*

*Dom Juan*

*Electre*

*En attendant Godot*

*Enfance*

*Eugénie Grandet*

*Fahrenheit 451*

*Fin de partie*

*Frankenstein*

*Gargantua*

*Germinal*

*Hamlet*

*Horace*

*Huis Clos*

*Jacques le fataliste*

*Jane Eyre*

*Knock*

*L'homme qui rit*

*La Bête humaine*

*La Cantatrice Chauve*

*La chartreuse de Parme*

*La cousine Bette*

*La Curée*

*La Farce de Maitre Pathelin*

*La ferme des animaux*

*La guerre de Troie n'aura pas lieu*

*La leçon*

*La Machine Infernale*

*La métamorphose*

*La mort du roi Tsongor*

*La nuit des temps*

*La nuit du renard*

*La Parure*

*La peau de chagrin*

*La Petite Fille de Monsieur Linh*

*La Photo qui tue*

*La Plage d'Ostende*

*La princesse de Clèves*

*La promesse de l'aube*

*La Vénus d'Ille*

*La vie devant soi*

*L'alchimiste*

*L'Amant*

*L'Ami retrouvé*

*L'appel de la forêt*

*L'assassin habite au 21*

*L'assommoir*

*L'attentat*

*L'attrape-coeurs*

*Le Bal*

*Le Barbier de Séville*

*Le Bourgeois Gentilhomme*

*Le Capitaine Fracasse*

*Le chat noir*

*Le chien des Baskerville*

*Le Cid*

*Le Colonel Chabert*

*Le Comte de Monte-Cristo*

*Le dernier jour d'un condamné*

*Le diable au corps*

*Le Grand Meaulnes*

*Le Grand Troupeau*

*Le Horla*

*Le jeu de l'amour et du hasard*

*Le Joueur d'échecs*

*Le Lion*

*Le liseur*

*Le malade imaginaire*

*Le Mariage de Figaro*

*Le meilleur des mondes*

*Le Monde comme il va*

*Le Parfum*

*Le Passeur*

*Le Petit Prince*

*Le pianiste*

*Le Prince*

*Le Roman de la momie*

*Le Roman de Renart*

*Le Rouge et le Noir*

*Le Soleil des Scortas*

*Le Tartuffe*

*Le vieux qui lisait des romans d'amour*

*L'Ecole des Femmes*

*L'Ecume Des Jours*

*Les Bonnes*

*Les Caprices de Marianne*

*Les cerfs-volants de Kaboul*

*Les contes de la Bécasse*

*Les dix petits nègres*

*Les femmes savantes*

*Les fourberies de Scapin*

*Les Justes*

*Les Lettres Persanes*

*Les liaisons dangereuses*

*Les Métamorphoses*

*Les Mouches*

*Les Trois mousquetaires*

*L'étrange cas du Dr Jekyll et de Mr Hyde*

*L'Ile Au Trésor*

*L'île des esclaves*

*L'illusion comique*

*L'Ingénu*

*L'Odyssée*

*L'Ombre du vent*

*Lorenzaccio*

*Madame Bovary*

*Manon Lescaut*

*Micromégas*

*Mon ami Frédéric*

*Mon bel oranger*

*Nana*

*Ne tirez pas sur l'oiseau moqueur*

*Notre-Dame de Paris*

*Oliver twist*

*On ne badine pas avec l'amour*

*Oscar et la dame rose*

*Pantagruel*

*Le Misanthrope*

*Perceval ou le conte du Graal*

*Phèdre*

*Ravage*

*Roméo et Juliette*

*Ruy Blas*

*Sa Majesté des Mouches*

*Si c'est un homme*

*Stupeur et tremblements*

*Supplément au voyage de Bougainville*

*Tanguy*

*Thérèse Desqueyroux*

*Thérèse Raquin*

*Ubu Roi*

*Un Barrage contre le Pacifique*

*Un long dimanche de fiançailles*

*Un secret*

*Vendredi ou la vie sauvage*

*Vipère au poing*

*Voyage au bout de la nuit*

*Voyage au centre de la terre*

*Yvain ou le Chevalier au lion*

*Zadig*

# À propos de la collection

La série FichesdeLecture.com offre des contenus éducatifs aux étudiants et aux professeurs tels que : des résumés, des analyses littéraires, des questionnaires et des commentaires sur la littérature moderne et classique. Nos documents sont prévus comme des compléments à la lecture des oeuvres originales et aide les étudiants à comprendre la littérature.

Fondé en 2001, notre site FichesdeLectures.com s'est développé très rapidement et propose désormais plus de 2500 documents directement téléchargeables en ligne, devenant ainsi le premier site d'analyses littéraires en ligne de langue française.

FichesdeLecture est partenaire du Ministère de l'Education du Luxembourg depuis 2009.

Plus d'informations sur www.fichesdelecture.com

ISBN: 978-2-511-02791-2

Notes :